AF324942

CATALOGUE

DE

GRAVURES ANCIENNES

PRINCIPALEMENT DE L'ÉCOLE FRANÇAISE DU XVIIIe SIÈCLE

PIÈCES IMPRIMÉES EN NOIR ET EN COULEURS

DESSINS

ANCIENS ET MODERNES

ŒUVRES DE :

DUCREUX, FREUDEBERG
HUET, LÉPICIÉ, LE PRINCE, WATTEAU DE LILLE, NICOLLE, VILLE, ETC.
MEISSONIER, PAUL BAUDRY, CHARLET, DETAILLE, GAVARNI
GÉROME, CH. JACQUE, RAFFET, ETC.

TABLEAUX

ÉTUDE PAR TH. ROUSSEAU

BAS-RELIEFS EN TERRE CUITE

DONT LA VENTE AURA LIEU

HOTEL DES COMMISSAIRES-PRISEURS, RUE DROUOT, SALLE N° 10

Le Jeudi 23 Mars 1893, à deux heures

EXPOSITION PUBLIQUE

Le Mercredi 22 Mars 1893, de 1 h. 1 2 à 5 h. 1 2.

COMMISSAIRE-PRISEUR, Me **MAURICE DELESTRE**, 27, RUE DROUOT

Assisté

POUR LES GRAVURES	POUR LES DESSINS ET TABLEAUX
De **M. DANLOS**, Marchand d'Estampes	De **M. B. LASQUIN**, Expert
5, QUAI MALAQUAIS, 5	12, RUE LAFFITTE, 12

CATALOGUE

DE

GRAVURES ANCIENNES

PRINCIPALEMENT DE L'ÉCOLE FRANÇAISE DU XVIIIᵉ SIÈCLE

PIÉCES IMPRIMÉES EN NOIR ET EN COULEURS

DESSINS

ANCIENS ET MODERNES

ŒUVRES DE :

DUCREUX, FREUDEBERG
HUET, LÉPICIÉ, LE PRINCE, WATTEAU DE LILLE, NICOLLE, VILLE, ETC.
MEISSONIER, PAUL BAUDRY, CHARLET, DETAILLE, GAVARNI
GÉROME, CH. JACQUE, RAFFET, ETC.

TABLEAUX

ÉTUDE PAR TH. ROUSSEAU

BAS-RELIEFS EN TERRE CUITE

[Yver]

DONT LA VENTE AURA LIEU

HOTEL DES COMMISSAIRES-PRISEURS, RUE DROUOT, SALLE Nᵒ 10

Le Jeudi 23 Mars 1893, à deux heures

EXPOSITION PUBLIQUE

Le Mercredi 22 Mars 1893, de 1 h. 1/2 à 5 h. 1/2.

COMMISSAIRE-PRISEUR, Mᵉ **MAURICE DELESTRE**, 27, RUE DROUOT

Assisté

POUR LES GRAVURES	POUR LES DESSINS ET TABLEAUX
De **M. DANLOS**, Marchand d'Estampes	De **M. B. LASQUIN**, Expert
5, QUAI MALAQUAIS, 5	12, RUE LAFFITTE, 12

Exemplaire de Danlos

D 5412

Don S de l'État

CONDITIONS DE LA VENTE

Elle sera faite au comptant.

Les acquéreurs paieront cinq pour cent en sus des enchères applicables aux frais.

DÉSIGNATION

ESTAMPES EN FEUILLES

ALIX (P.-M.).

1. *Molière* (J. B. Poquelin de). Médaillon ovale reposant sur une tablette où est représentée la scène vii du 4ᵉ acte de *Tartuffe*. Gravé d'après Garneray.

   Superbe épreuve en couleur, légèrement tachée d'eau.

2. Fontenelle, épreuve avant la lettre. — Helvétius. — Lavoisier. — Mably. Quatre portraits.

   Très belles épreuves en couleur.

BAUDOUIN (D'après P.).

3. Les Amants surpris. — Les Amours champêtres. Deux pièces faisant pendants gravées par P.-P. Choffard.

   Belles épreuves.

4. Le Couché de la Mariée, gravé à l'eau-forte par J.-M. Moreau et terminé au burin par J.-B. Simonet.

   Très belle épreuve.

5. Le Curieux. — L'Enlèvement nocturne. Deux pièces gravées par Maleuvre et N. Ponce.

   Belles épreuves avec marges.

6. Le Danger du tête à tête, par Simonet.

   Très belle épreuve.

7.   Le Jardinier galant, par Helman.

> Très belle épreuve.

8.   Le lever, par Massard.

> Très belle épreuve, remargée.

9.   Le Matin. — Le Midi. — Le Soir. — La Nuit. Suite de quatre
     pièces gravées par de Ghendt.

> Très belles épreuves.

10.   La Sentinelle en défaut, par N. de Launay.

> Très belle épreuve.

11.   La Soirée des Tuileries, par Simonet.

> Très belle épreuve avec marge.

BERNON (D'après L.).

12.   Le Jour de l'an, par E. P. Charpentier. Très jolie composi-
      tion tout à fait dans le goût de A. de Saint-Aubin de qui
      elle pourrait bien être, la scène est prise au coin de la
      place Dauphine.

> Très belle épreuve. Excessivement rare.

BOILLY (D'après L.).

13.   Marche incroyable, par Bonnefoy.

> Superbe et rare épreuve avant la lettre.

BONNET (A Paris chez).

14.   La Musique.

> Très belle épreuve en couleur.

BOREL (D'après A.).

15.   Comparaison du bouton de rose. Très jolie petite réduction
      gravée à la manière du lavis par Civil.

> Très belle épreuve tirée en bistre.

BOSSE (A.).

16. Le Bal.

> Très belle épreuve avec l'adresse de Le Blond. Rare.

17. L'Enfant prodigue dans le mauvais lieu. — Le Peintre. — Le Sculpteur. — Le Notaire. — l'Accouchée. Six pièces.

> Très belles épreuves.

BOUCHER (D'après F.).

18. Jeune femme vue de profil et lisant. Charmante pièce gravée aux trois crayons par Demarteau.

> Très belle épreuve.

19. Tête de jeune fille vue de face. — Tête de jeune fille vue de profil. — L'Amour et les Grâces. — Vénus au bain. Quatre pièces gravées par Demarteau.

> Très belles épreuves en bistre et aux trois crayons.

CHARDIN (d'après J. B. Simon).

20. Le Peintre. — L'Antiquaire. Deux pièces, faisant pendants, gravées par Surugue.

> Très belles épreuves.

21. La Blanchisseuse. — La Fontaine. Deux pièces faisant pendants, gravées par C.-N. Cochin.

> Très belles épreuves.

22. Le Jeu de l'oye. — Les Tours de cartes. Deux pièces, faisant pendants, gravées par P.-L. Surugue.

> Très belles épreuves.

23. La Maîtresse d'école. — Le Tôton. Deux pièces faisant pendants, gravées par Lépicié.

> Très belles épreuves avec les premières adresses et avant que les dates à la suite du nom de Lépicié aient été enlevées.

24. Les Amusements de la vie privée. — Les Tours de cartes. —
La Mère laborieuse. Trois pièces gravées par Lépicié et
Surugue.

> Très belles épreuves.

25. L'Écureuse. — *Sans souci, sans chagrin.* — *Simple dans mes
plaisirs.* — Jeune fille au volant. Quatre pièces gravées
par C.-N. Cochin et Lépicié.

> Très belles épreuves.

26. Le Bénédicité. — La Gouvernante. — La Mère laborieuse.
— Le Négligé. — La Ménagère, etc. Six pièces gravées
par Le Bas et Lépicié.

> Belles épreuves.

DEBUCOURT (P.-L.).

27. Monseigneur le duc d'Orléans.

> Très belle épreuve en couleur.

28. Les Petits Messieurs, ou les Adolescents à la mode. — La
Jeune Femme. Deux pièces.

> Très belles épreuves; la dernière pièce est sans marge.

29. Costumes polonais, 1817, d'après Norblin. Quarante et une
pièces, dont douze en noir et vingt-neuf en couleur.

> Très belles épreuves avec toutes leurs marges.

DESRAIS (D'après).

30. La Femme trompée. — La Femme vengée. Deux pièces
faisant pendants, gravées à la manière du lavis par
Mixelle.

> Très belles épreuves tirées en bistre. Rares.

DIVERS.

31. Prince de Condé. — Duc de La Rochefoucauld. — Princesse
de Conti. — Montesquieu. — J.-J. Rousseau, etc. Trente-
deux portraits in-4 et in-8.

32. Marie-Thérèse. — Duchesse de Bourgogne. — Marie Leck-
zinska. — M^{mo} de Pompadour. — Mme de Vintimille. —
Mme Du Barry, etc. Cinquante-quatre portraits en noir
et en couleur, tirés pour la plupart de la suite des émaux
de Petitot et de la Galerie de Versailles.

33. Trente-huit pièces par et d'après Leys, Meissonier, Goya
et autres artistes, publications de la *Gazette des Beaux-
Arts*.

> Belles épreuves en grand papier.

34. Grégoire XVI, par H. Dupont. — L'Impératrice Eugénie. —
Pièce aux cent florins, par Flameng, etc. Trente pièces,
gravures, eaux-fortes et lithographies.

ÉCOLE FRANÇAISE DU XVIIIᵉ SIÉCLE.

35. Le Tête-à-tête. — L'Amour et le Badinage. — Le Baiser
rendu. — L'Orchestre de village, etc. Cinq pièces d'après
Watteau et Pater.

> Belles épreuves.

36. Le Lever des Ouvrières en modes. — L'heureuse Fécondité.
— Georges Dandin. — Le Jaloux. — La Familiarité dangereuse. — L'Amant favorisé. Six pièces d'après Law-
reince, Fragonard, Coypel et Boilly.

> Très belles épreuves.

37. La Baigneuse surprise. — La Jeunesse studieuse. — Têtes
d'études. — Les Grâces au bain, etc. Douze pièces d'après
Boucher et Greuze.

> Très belles épreuves.

38. Le Verre d'eau. — Le Chiffre d'amour. — Les Appas multi-
pliés. — L'Attention dangereuse. — L'Adoration et l'Ad-
miration de l'antique. Sept pièces d'après Fragonard,
Challe et autres artistes.

> Belles épreuves.

39. La Troupe ambulante des rues de Paris. — Le Marchand
d'orviétan de campagne. — Restes du Palais du Pape
Jules II. — La Circassienne à l'encan. — Les Héroïnes
d'aujourd'hui. — Combat de Flana. Sept pièces d'après
Caresmes, Huet et autres artistes.

> Très belles épreuves en couleur.

40. Les Saisons, d'après Eisen. — Costumes, d'après Desrais.
— Vues de Paris de Campion, etc. Vingt-deux pièces
en noir et en couleur.

> Très belles épreuves.

FRAGONARD (D'après H.).

41. L'Armoire. Très jolie petite réduction gravée à la manière
du lavis.

> Très belle épreuve tirée en bistre.

42. Les Hazards heureux de l'Escarpolette, par N. de Launay.

> Très belle épreuve de la planche ovale. Toute marge.

43. Le Contrat. — Le Verrou. Deux pièces faisant pendants,
gravées par Blot.

> Très belles épreuves. Toute marge.

44. Le Poirier, pour les *Contes* de La Fontaine, édition in-4 de
Didot.

> Ancienne et très belle épreuve avec la pagination, mais avant les
> noms des auteurs. Toute marge.

FREUDEBERG (D'après S.).

45. La Confiance enfantine, par Janinet.

> Très belle épreuve en couleur. Sans marge.

46. La Complaisance maternelle, par N. de Launay.

> Très belle épreuve. Grande marge.

47. Les Confidences, par C.-L. Lingée.

> Très belle épreuve avant le numéro.

GAVARNI.

48. Partie de son œuvre, cinq cent neuf pièces, dont le détail suit :

Son Portrait. — L'Artiste, vingt-huit pièces. — Le Dimanche, trois pièces. — Les Coulisses, onze pièces. — L'Éloge de la Chair, huit pièces. — Impressions de ménage, vingt pièces. — Traductions en langue vulgaire, quatre pièces. — Affiches illustrées, six pièces. — Journal des Gens du monde, vingt-trois pièces. — Le Monde dramatique, seize pièces. — Musiciens comiques, vingt-sept pièces. — Physionomies des chanteurs, quinze pièces. — Souvenirs de femmes, six pièces. — Les Bals masqués, sept pièces. — La Mode, cent trente-huit pièces dont neuf seulement sont de Gavarni. — Nouveaux travestissements, quarante-trois pièces. — Costumes historiques pour travestissements, douze pièces. — Cent trente-neuf pièces faisant partie de diverses suites, principalement de suites de costumes.

Toutes les épreuves, dont beaucoup sont très rares, sont très belles ; quelques-unes sont coloriées.

GUYOT (L.).

49. Delille en pied, dans une campagne, d'après Fauvel.

Très belle épreuve en couleur.

HAMILTON (D'après W.).

50. Les Éléments. Suite de quatre pièces gravées par White et Baldrey.

Très belles épreuves en couleur. Rares.

HUET (D'après J.-B.).

51. Jeune fille en buste vue de profil, gravé par Demarteau (n° 591).

Très belle épreuve avant la lettre.

52. Le Départ du marché. — Le Retour du marché. — Vénus
enflammée par l'Amour. — L'Amour prie Vénus. — Le
Colin-Maillard. — Diane au bain. — La Balançoire. Sept
pièces gravées par Bonnet et Legrand.

> Très belles épreuves en couleur.

JANINET (F.).

53. La Toilette de Vénus, d'après F. Boucher.

> Superbe épreuve en couleur d'une grande fraîcheur, elle est avant
> la suppression de l'Amour qui joue avec les cheveux de Vénus. Rare
> de cette qualité.

54. Le Culte systématique. — Bacchus préside à la fête. Deux
pièces, faisant pendants, gravées d'après Caresme.

> Très belles épreuves en couleur, la dernière pièce est sans marge.

55. L'Aimable négligé. — La Réunion des plaisirs. Deux
pièces gravées d'après Baudouin et Saint-Quentin.

> Très belles épreuves en couleur, sans marge.

56. Gabrielle d'Estrées. — Ninon de Lenclos. — Henri IV. —
Crillon. — Sully. Cinq portraits in-fol.

> Très belles épreuves en couleur, les portraits de Crillon et de Sully
> sont avant la lettre.

JANINET ET DE MACHY.

57. Mémorial pittoresque de la France ou recueil de toutes les
belles actions, traits de courage... depuis le règne de
Henri IV jusqu'à nos jours, par M. L. B. Neuf pièces
gravées en couleur par Janinet et de Machy fils, d'après
différents artistes.

> Très belles épreuves en couleur, dans leur couverture de publi-
> cation.

JEAURAT (D'après E.).

58. Carnaval des Rues de Paris. — Place Maubert. — L'Accouchée. — Le Goûté. — L'opérateur Bari. — Le Mari jaloux.
Six pièces gravées par Baléchou et Lépicié.

> Très belles épreuves.

LANCRET (D'après N.).

59. Les Ages de la Vie. — Suite de quatre pièces gravées par N. de Larmessin.

Très belles épreuves.

60. Le Gascon puni. — Nicaise. — La Servante justifiée. — Conversation galante. — Les Heures du Jour. Huit pièces gravées par de Larmessin et Ph. Le Bas.

Belles épreuves.

LAWREINCE (D'après N.).

61. Ah! laisse-moi donc voir, par Janinet.

Très belle épreuve en couleur.

62. Le Billet doux. — Qu'en dit l'Abbé? Deux pièces, faisant pendants, gravées par N. de Launay.

Belles épreuves.

63. L'heureux Moment, par N. de Launay.

Très belle épreuve.

64. Le Restaurant, par Deni.

Très belle épreuve.

65. Le Roman dangereux, par Helman.

Belle épreuve.

66. Les deux Amants. Petite pièce de forme ronde gravée par Janinet; elle fait partie de la suite des quatre petites pièces de même grandeur imprimées sur une même feuille.

Très belle épreuve en couleur.

LE PRINCE (D'après J.-B.).

67. Dame Russe. — Femme de chambre Russe. — Paysanne de Moravie. Trois pièces gravées aux deux crayons, par Bonnet.

Très belles épreuves.

MARTINET (à Paris, chez).

68. Petite Galerie dramatique : costumes d'acteurs et d'actrices,
publiées séparément par Martinet et ses successeurs, et
réunies plus tard en volumes, quatre cent vingt-six pièces
se suivant sans interruption du n° 1 au n° 426, et formant
les quatre premiers volumes complets, comme planches,
de cette suite, plus 26 planches du cinquième volume.

Les épreuves sont très fraîches et coloriées avec soin. Les premiers volumes de cette publication, qui date du commencement de ce siècle, sont excessivement rares.

MIXELLE.

69. Les Métiers. Suite de treize pièces, très intéressantes comme
costumes, gravées à la manière du lavis d'après Desrais?

Superbes et très rares épreuves tirées sur papier verdâtre. Toutes marges.

MORRET (J.-B.).

70. Caffée des Patriotes, d'après Swebach Des Fontaines.

Très belle épreuve en couleur, avec le premier titre et avec les deux gardes nationaux que l'on voit à gauche coiffés de bonnets à poils, coiffures qui ont été, par la suite, remplacées par un casque et par un bonnet de police.

MÉRYON (Ch.).

71. Entrée du couvent des Capucins français à Athènes. — Vues
des environs de Paris, d'après Zeeman. Quatre pièces.

Très belles épreuves.

PRUD'HON (D'après P.-P.).

72. La Loi. — La France protégeant la Jeunesse. — Aminta. —
La Grotte. — Naufrage de Virginie. — Daphnis et Chloé.
Quatorze pièces gravées et lithographiées.

PYNE (W.-H.).

73. Costumes de la Grande-Bretagne. Dix pièces publiées par William Miller à Londres, en 1808.

Très belles épreuves parfaitement coloriées. Rares.

QUEVERDO (D'après J.-M.).

74. Le Sommeil interrompu, par Dambrun.

Très belle épreuve avec une grande marge.

ROY.

75. Portrait de Napoléon dans un médaillon rond entouré d'inscriptions circulaires rappelant les victoires remportées par l'armée française pendant la campagne d'Allemagne, du 2 vendémiaire an XIV au 5 nivôse de la même année.

Très belle épreuve, en couleur, d'une jolie pièce publiée en 1806.

SAINT-AUBIN (D'après A. DE).

76. L'heureux Ménage, par Sergent et Gautier l'aîné.

Très belle épreuve en couleur.

VERNET (D'après J.).

77. Le Port de Bayonne. — Le Port de Rochefort. Deux pièces gravées par C.-N. Cochin et Le Bas.

Très belles épreuves avec de grandes marges.

WILLE fils (D'après).

78. Le Marchand de ptisane. — La Marchande de bouquets. Deux pièces, faisant pendants, gravées par Berthault.

Très belles épreuves en couleur.

ESTAMPES ENCADRÉES

ALIX (P.-M.).

79. Bonaparte, 1er consul, d'après Appiani.

Très belle épreuve en couleur, sans marge.

BOILLY (D'après L.).

80. L'Optique, par Cazenave.

Très belle épreuve en couleur.

DEBUCOURT (P.-L.).

81. Le Menuet de la Mariée, 1785.

Superbe épreuve en couleur avant toutes les lettres et avant les armes, seulement l'inscription : *Peint et gravé par de Bucourt, peintre du Roi*, 1785, tracée à la pointe et en caractères très fins sous le trait carré à gauche.
Excessivement rare.

82. La Noce au château, 1789.

Très belle épreuve en couleur.

83. La Main chaude.

Très belle épreuve.

84. Le Chasseur, d'après C. Vernet.

Très belle épreuve.

HUET (d'après J.-B.).

85. Jeune femme à mi-corps, vue de profil. Gravée par Demarteau.

Très belle épreuve en couleur. Petit cadre ancien, bois doré.

86. Chasse au faisan. — Chasseur au repos. Deux pièces, faisant pendants, gravées aux deux crayons par Demarteau (nos 472 et 473).

Très belles épreuves.

JANINET (F.).

87. Adrienne Lecouvreur. — Le Kain. — Mme Dugazon. —
      Mlle Guimard. — Mme de Saint-Huberti. — Mlle Contat.
      Six portraits d'artistes.

> Très belles épreuves en couleur.

LE PRINCE (J.-B.).

88. Les Sens. — Le Port. — Alchimiste. Sept pièces gravées à
      la manière du lavis.

LAWREINCE (d'après N.).

89. L'aveu difficile, par Janinet.

> Très belle épreuve en couleur. Sans marge.

90. La Comparaison, par Janinet.

> Très belle épreuve en couleur. Sans marge.

91. L'Indiscrétion, par Janinet.

> Très belle épreuve en couleur. Sans marge.

MONNIER (H.).

92. Jadis et aujourd'hui. Six pièces.

> Très belles épreuves coloriées.

SAINT-AUBIN (A. DE).

93. Louise-Émilie, baronne de... A^{ne} Sophie, marquise de...
      Deux pièces faisant pendants.

> Très belles épreuves. Cadres anciens, bois doré, époque Louis XVI.

SAINT-AUBIN (d'après A. DE).

94. Le Bal paré. — Le Concert. Deux pièces faisant pendants,
      gravées par Duclos.

> Très belles épreuves avec de très grandes marges.

SAINT-JEAN (J.-D. DE).

95. Dame en déshabillé d'hyver. — Dame en déshabillé allant par la ville. — Dame se promenant à la campagne. — Habit d'espées, etc. Six pièces costumes.

Très belles épreuves coloriées du temps avec rehauts d'or.

TAUNAY (D'après).

96. Foire de village. — Noce de village. Deux pièces, faisant pendants, gravées par Descourtis.

Très belles épreuves avec les armes, lesquelles ont été enlevées par la suite.

DESSINS ANCIENS ET MODERNES

ARAGO (A.).

97. Un Cardinal.

Aquarelle.

BALLU (T.).

98. Vue de l'Acropole d'Athènes.

Lavis.

BALLUE (H.).

99. Soldat turc.

Aquarelle.

BAUDRY (Paul).

100. Trois Muses.

Aquarelle.

BOUCHER.

101. Nymphe et petit Faune.

Dessin au crayon.

CHAM.

102. Sans ouvrage! Zouave.

    Aquarelle.

CHARLET.

103. Bonaparte est rencontré, rue des Petits-Champs,
par des hommes promenant une tête au bout
d'une pique, qui lui font crier : « Vive la nation ! »

    Dessin au crayon.

CHAVET (V.).

104. Jeune Femme en peignoir rose étendue sur un
sopha.

    Aquarelle.

DECAMPS.

105. Étude d'Arabe.

    Croquis au crayon.

DE MACHY.

106. Ruines de l'ancien Hôtel-Dieu, après l'incendie.

    Grande gouache.

DETAILLE.

107. Études de costumes militaires.

    Aquarelle et croquis à la plume. — Au revers, sur
la même feuille, croquis au crayon.

DREUX-DORCY.

108. Baigneuses.

> Aquarelle.

DUCREUX.

109. Jeune Femme assise.

> Joli dessin au crayon et à l'estompe.

ÉCOLE FRANÇAISE (XVIIIᵉ siècle).

110. L'Allemande chez Rugieri, devant le palais du Soleil.

> Dessin très fin à la plume, rehaussé de lavis.

FRAGONARD fils.

111. Page apportant un message à une dame à sa toilette.

> Aquarelle.

FREUDEBERG.

112. Le Retour du Chasseur.

> Jolie aquarelle.

113. Le Départ et le Retour du Soldat suisse.

> Deux pièces au trait et en couleurs.

FROMENT.

114. Les Roses et les Épines.

Dessin à la sanguine.

GAVARNI.

115. Dessin pour le *Journal des Modes*, n° 539, 14 janvier 1837.

Aquarelle.

GÉLIBERT (Jules).

116. Cerf et Biche en forêt.

Dessin.

117. Lapins autour d'un terrier.

Dessin.

118. Chasseurs.

Deux aquarelles.

GÉROME.

119. Gentilhomme Henri III saluant.

Dessin au crayon.

GILLOT (?).

120. Fêtes champêtres.

Deux grandes aquarelles.

GIRAUD (E.).

121. Costumes espagnols de Henri II.

Trois aquarelles.

GIRAUD (E.).

122. Cinq feuilles : dessins, aquarelles, costumes Henri II.

GRANDVILLE.

123. Scène des *Animaux peints par eux-mêmes*.

Aquarelle.

HUET (J-B.).

124. Trophée d'attributs de l'Amour. — Trophée d'attributs de la Musique. — Deux trophées de chasse.

Quatre très jolis dessins d'une grande finesse à la sanguine.

125. Moutons, Brebis, Chèvres et Bestiaux.

Six jolis dessins signés et datés 1775.

126. Le Pigeonnier. — Une jeune femme et un petit garçon jettent des graines aux volatiles.

Aquarelle.

JACQUE (Ch.).

127. La Provende des poules.

Dessin au crayon.

LEPAULLE (G.).

128. La Visite, scène Louis XV.

Aquarelle gouachée.

LAROCHE.

129. Croquis à la plume, Étude et têtes de Paysage.

LÉPICIÉ.

130. La Demande en mariage.

Important dessin au crayon, scène de quatre figures dans un intérieur.

LISSORI (E.).

131. Les petits Maraudeurs.

Aquarelle.

MEISSONIER (E.).

132. Gentilhomme Henri III.

Dessin à la plume sur papier buvard rose.

133. **Cavalier Louis XIII.**

Croquis à la plume.

MÉRIMÉE (P.) d'après Velasquez.

134. **Les Lances.**

Aquarelle.

MEYNIER (1809).

135. **Reddition d'une ville.**

Plume et aquarelle.

NICOLLE.

136. **Vue du Grand Canal à Venise.**

Aquarelle.

137. **Vue du Golfe de Naples prise de la Chiaja.**

Aquarelle forme ronde.

138. **Entrée d'une ville romaine.**

Gouache.

LE PRINCE.

139. **Jeune Femme dans un parc.**

Plume et encre de Chine.
Cadre Louis XIII.

PENGUILLY.

140. Paysage d'Algérie.

> Crayon.

PERRIN (Émile).

141. Cinq dessins à la plume. Costumes de théâtre.

PILS (J.) (1864).

142. Spahis à cheval.

> Aquarelle.

RAFFET.

143. Cinq croquis au crayon, types militaires.

144. Type espagnol.

> Aquarelle portant le cachet de San-Donato.

145. Jeune grison.

> Aquarelle avec cachet de San-Donato.

REGNAULT (Henri).

146. Six croquis au crayon, types espagnols.

RENOUX.

147. Ruines d'une chapelle.

> Sépia.

ROQUEPLAN (C.).

148. Villa à Biarritz.

> Dessin.

149. Paysan des Eaux-Bonnes.

> Dessin.

SCHNETS (V.).

150. Italiennes.

> Aquarelle.

TRAVIES.

151. Croquis au crayon, Tête d'homme et Paysan.

WATTEAU DE LILLE.

152. Jeunes Femmes, costume Louis XV.

> Deux jolis dessins aquarellés.

WATTEAU (A.?)

153. Tête de jeune femme de profil à gauche.

> Dessin aux crayons noir, rouge et blanc.

WATTIER.

154. Le Troubadour.

> Aquarelle gouachée.

WILLE (P.-A. 1814).

155. Le double Piège.

> Jolie aquarelle popularisée par la gravure en couleur de Martinet.

WINKELLES.

156. Ancienne vue des Boulevards.

> Aquarelle.

YVON (?).

157. Zouave. — Sapeur des grenadiers.

> Deux dessins en couleur.

158. Cinq pièces gouachées. — Vues de Naples et du Vésuve.

159. Dessins et aquarelles par divers.

TABLEAUX ANCIENS ET MODERNES

BIARD.

160. Voyageurs renversés par un troupeau de porcs.

BOUCHER (d'après).

161. Nymphes et Amours sur des nuages.

Deux pendants.

CANALETTO (d'après).

162. Vue du Palais des Doges et de la Piazetta à Venise.

Deux pendants.

DUVEAU.

163. Baigneuse surprise.

FLEURY (Léon).

164. Cinq études. Paysages, marines et figure.

GONTAY (1835).

165. Paysage au bord de la mer.

GRYEFF (Antoine).

166. Chasse au sanglier. — Chasse aux canards. —

Deux pendants.

HUYGENS.

167. Deux études d'oiseaux.

JOHANNOT (A.).

168. Deux esquisses : sujets religieux.

LANOUE.

169. Ermite dans un site agreste.

MÉLIN.

170. Tête de chien de chasse.

MOTTEZ.

171. Idylle.

PETTER.

172. Saint-Jean-Baptiste.

Étude.

PILS.

173. Jeune femme assise.

Étude.

LÉOPOLD ROBERT (d'après).

174. Le Retour des moissonneurs.

ROUSSEAU (Théodore).

175. Vue prise à Thiers (Auvergne).

Étude de maisons situées sur une montagne.

ROUSSEAU (Ph.).

176. Œillets dans un verre.

SCHEFFER (Ary).

177. Saint Louis au milieu des pestiférés.

Esquisse.

SCHOPIN.

178. Deux compositions allégoriques, avec médaillons de François Ier et de Henri IV.

ÉCOLE ITALIENNE.

179. Pâtres et Bestiaux.

Dessus de porte.

ÉCOLE HOLLANDAISE.

180. Paon, lapins et pigeons. Genre de Hondecoeter.

ÉCOLE HOLLANDAISE.

181. Nature morte. — Gibiers sur une table. Genre
de Fyt.

ÉCOLE ITALIENNE.

182. Légumes. Genre de Cerquozzi.

183. Tableaux et Études par divers.

SCULPTURES

184. Terre cuite. — Bas-relief rectangulaire représentant les trois Grâces. Signé : *Renaud*, 1793.

185. Terre cuite. — Trois médaillons bas-reliefs : Sacrifice antique, Buste d'homme, Jeune femme présentant un miroir.

186. Terre cuite. — Quatre petits médaillons ronds en bas-relief : L'Amour fustigé, l'Amour enchaîné, Jeux d'enfants.

187. Cire. — Petit haut-relief. Deux Amours se disputant un cœur.

188. Cire. — Petit groupe en haut-relief : L'Amour et Psyché.

Paris. — Typ. Chamerot et Renouard, 19, rue des Saints-Pères. — 29605.

RED. :

21

graphicom

MIRE ISO N° 1
NF Z 43-007
AFNOR
Cedex 7 - 92080 PARIS LA DÉFENSE